AF346088

La cafetera

Cuento fantástico

Théophile Gautier

Alberto López Sanjurjo

La cafetera

Depósito legal: 2024

ISBN: 978-2-493729-34-7

Por debajo de oscuras velas

Once estrellas vi,

La luna, también el sol,

Que me hacían su reverencia

En silencio,

Mientras dormía yo.

La visión de Joseph

La cafetera

Cuento fantástico

El año pasado me invitaron junto con dos compañeros del taller, Arrigo Cohic y Pedrino Borgnoli, a pasar unos días por unos remotos lugares de Normandía.

Al inicio del viaje, el día prometía ser espléndido y cambió repentinamente. Cayó tanta lluvia que los senderos por los que caminábamos eran como el lecho de un torrente.

Nos hundíamos en el cieno hasta las rodillas, una espesa capa de tierra resbaladiza y pegajosa cubría las suelas de nuestras botas y ralentizaba nuestros pasos de tal manera que llegamos al lugar de nuestro destino tan solo una hora después de anochecer.

Estábamos abrumados de cansancio y, por lo tanto, al ver nuestro huésped los esfuerzos que hacíamos por retener los bostezos y mantener los ojos abiertos, tan pronto como cenamos ordenó que nos condujeran a nuestros respectivos aposentos.

El mío era amplio y al entrar en él, sentí como un estremecimiento de fiebre pues me pareció que entraba en un nuevo mundo.

En efecto, al ver las partes altas de las puertas a estilo de Boucher que representaban las cuatro Estaciones, los muebles sobrecargados de ornamentos estilo rocalla de peor gusto y los tremoles de los espejos esculpidos con torpeza, uno hubiera podido creerse en tiempos de la Regencia.

Nada había sido desordenado. El tocador lleno de estuches de peines y de borlas parecía haber sido utilizado la víspera. Cubrían el parqué bien encerado dos o tres vestidos de colores cambiantes así como un abanico incrustado de lentejuelas plateadas y, para mi mayor asombro, estaba abierta y repleta de tabaco aún fresco una tabaquera de concha encima de la chimenea.

Me di cuenta de ello tan solo después de dejar el criado su palmatoria en la mesa de noche y darme las buenas noches. Y he de confesarlo, empecé a temblar como un azogado. Me desnudé rápidamente, me acosté y para acabar con esos absurdos sustos, no tardé en dormirme volviendo la mirada hacia la pared.

Pero me resultó imposible guardar esa postura: algo se movía debajo de la cama, algo como una ola, y mis párpados se hacían hacia atrás violentamente. Me vi en la obligación de dar la vuelta y de abrir los ojos.

El fuego que ardía echaba reflejos rojizos por el aposento de suerte que se podía distinguir sin dificultad los personajes del tapiz y los semblantes de los rostros ahumados colgados en la pared.

Eran los abuelos de nuestro huésped, caballeros bardados de hierro, consejeros que llevaban pelucas y bellas damas de rostros maquillados, de empolvado cabello blanco que tenían en la mano una rosa.

De repente, tomó el fuego un extraño grado de actividad; iluminó el aposento una luz macilenta y vi claramente que lo que había tomado yo por unas vanas pinturas era la realidad porque se movían y centelleaban de una manera singular las niñas de aquellos seres encuadrados; se abrían y se cerraban sus labios como los labios de gente que habla pero yo no oía nada, nada más que el tictac del reloj de pared y el silbido del cierzo de otoño.

Se adueñó de mí un sentimiento de terror insuperable, se me erizó el pelo en la frente, castañearon mis dientes y un sudor frío invadió mi cuerpo de pies a cabeza.

El reloj de pared dio las once. La vibración del último toque resonó largo rato y cuando dejó definitivamente de oscilar...

¡Oh! No, no me atrevo a decir lo que pasó, nadie me creería y me tomarían por un loco.

Las velas se encendieron solas; el fuelle, sin que ningún ser visible le diese movimiento, empezó a soplar el fuego emitiendo estertores como un viejo asmático mientras las tenazas hurgaban en los tizones y quitaba la pala las cenizas.

Luego, una cafetera se tiró de lo alto de la mesa en la que estaba puesta, se dirigió al hogar de la chimenea balanceándose y se instaló entre los tizones.

Poco después, empezaron a ponerse en marcha los sillones agitando de un modo sorprendente sus torcidos pies y vinieron a colocarse alrededor de la chimenea.

II

No sabía yo qué pensar acerca de lo que estaba viendo pero lo que me faltaba por ver era aún más extraordinario.

Uno de los retratos, el más antiguo de todos, él de un gordo mofletudo de barba gris, parecido hasta el punto de confundirse a la idea que me he hecho del viejo sir John Falstaff, sacó la cabeza del marco haciendo gestos de dolor y tras pasar a duras penas los hombros y su vientre rechoncho por entre las tablillas del reborde, cayó pesadamente al suelo.

Apenas recobró el aliento, sacó del bolsillo del jubón una llave cuya pequeñez era singular. Sopló adentro para asegurarse de que la hembra estuviese nítida. Y la metió sucesivamente en cada marco.

Y se ensancharon todos los marcos para que saliesen fácilmente las figuras que en ellos estaban encerradas.

Rollizos abades de baja estatura, enjutas señoronas amarillentas, magistrados de porte solemne amortajados en largas togas negras, petimetres con medias de seda, calzones de lanilla, la punta de la espada hacia arriba, todos aquellos personajes presentaban un espectáculo tan extraño que, a pesar del terror mío, no pude contener la risa.

Se sentaron aquellos ilustres personajes y dio la cafetera leves saltos en la mesa. Tomaron café en tazas de Japón, blancas y azules, que llegaron a la mesa de ellos de forma espontánea desde la parte de encima de un secreter. Cada una de ellas llevaba un terrón de azúcar y una cucharilla de plata.

Tras tomarse el café, desaparecieron al mismo tiempo las tazas, la cafetera así como las cucharillas y empezó la conversación la más extraña que jamás en mi vida haya oído porque ninguno de aquellos extraños conversadores miraba al otro cuando hablaba: todos tenían la mirada fija en el reloj de pared.

Ni yo mismo podía dejar de verlo y de seguir con la mirada la manecilla que se en-

caminaba hacia las doce a pasos imperceptibles.

Por fin dio el péndulo las doce de la noche
y una voz cuyo timbre era exactamente él
del reloj de pared se hizo oír y dijo:

-Ha llegado la hora del baile.

Se levantó toda la asamblea. Los sillones
se movieron solos hacia atrás y cada caballero cogió la mano de una dama y la mis-
ma voz dijo:

-¡Vamos, señores de la orquesta, empie-
cen!

Se me había olvidado decir que el tema
del tapiz era un concierto italiano por un
lado y por otro, una caza de ciervos en la
que varios criados tocaban el cuerno. Los
monteros y los músicos, quienes no se ha-

bían movido hasta ese momento, inclinaron la cabeza asintiendo.

Alzó la batuta el maestro y una armonía viva y danzante se elevó desde las extremidades de la sala. Primero bailaron el minué.

Pero las veloces notas de la partidura ejecutada por los músicos mal concordaban con esas delicadas reverencias; por lo tanto, al cabo de unos minutos, cada pareja de baile se puso a dar volteretas como una peonza de Alemania. En ese torbellino danzante, los arrugados vestidos de seda de las mujeres producían sonidos particulares, parecidos al aleteo de un vuelo de palomos. El viento que se adentraba por debajo de ellos los inflaba prodigiosamente de forma que sus bamboleos se parecían a los de unas campanas.

El arco de los virtuosos hería tan veloz-
mente las cuerdas que brotaban de ellas
chispas eléctricas. Levantábanse y bajá-
banse los dedos de los flautistas como si
hubiesen sido de azogue; tenían los monteros las mejillas infladas como globos y
todo eso formaba un diluvio de notas, tri-
nos tan apurados y gamas ascendentes y
descendentes tan enredadas, tan inconce-
bibles que incluso los propios demonios
no hubiesen podido seguir semejante
compás durante un par de minutos.

Pues daba lástima ver todos los esfuerzos
que hacían esas parejas de baile con el fin
de recuperar la cadencia. Daban brincos,
hacían cabriolas, daban media vuelta de la
pierna, daban saltos jetés y trenzados de
tres pies de alto hasta que el sudor que
chorreaba de su frente a sus ojos les quita-

ra moscas y colorete. Pero por mucho que hiciesen, siempre les llevaba la delantera la orquesta con tres o cuatro notas.

El reloj de pared dio la una. Dejaron de bailar. Vi algo que se me había escapado: una mujer que no bailaba.

Estaba sentada en una poltrona junto a la chimenea y no parecía interesarse en absoluto por lo que pasaba alrededor de ella.

Nunca jamás nada tan perfecto, incluso en mis sueños, se había presentado ante mis ojos; tenía la piel de una blancura deslumbrante, el pelo de un rubio cenizo, largas pestañas y niñas azules tan claras y tan transparentes que veía yo a través de su alma tan nítidamente como se ve un guijarro en el fondo de un río.

Y sentí que si algún día me ocurriese amar a alguien, sería a ella. Me di prisa en salir de la cama de la que no había podido moverme hasta el momento y me dirigí hacia ella, guiado por algo que surtía efectos sobre mí sin que pudiese darme cuenta de ello y me encontré a sus pies, una de sus manos en las mías, charlando con ella como si la conociese desde hacía veinte años.

Pero por un prodigio muy extraño, mientras estaba yo hablando con ella, inclinaba yo la cabeza al compás de la música que no había cesado y aunque mi felicidad era total por conversar con tan preciosa persona, ardían mis pies en deseos de bailar con ella.

Sin embargo, no me atrevía a proponérselo. Parece que entendió ella lo que quería yo dado que, dirigiendo su mano suelta hacia la esfera del reloj dijo:

-Cuando la aguja indique tal hora, veremos, querido Teodoro.

No sé cómo ocurrió pero no me sorprendió que ella me llamase por mi nombre y seguimos hablando. Finalmente, sonó la hora indicada y la voz con timbre de plata vibró nuevamente en el aposento y dijo:

-Ángela, puede usted bailar con el caballero si le agrada pero usted sabe qué resultará de eso.

-Poco importa —contestó Ángela en tono enfurruñado.

Y pasó ella su brazo de marfil alrededor de mi cuello.

-Prestissimo! – gritó la voz.

Y empezamos a bailar el vals. El pecho de la joven tocaba mi torso, su mejilla aterciopelada rozaba la mía y su aliento suave flotaba en mi boca.

Nunca en mi vida había experimentado yo semejante sensación; se me estremecían los nervios como resortes de acero, se me corría la sangre por las arterias como torrentes de lava y oía los latidos de mi corazón como un reloj colgado de las orejas.

Sin embargo, esa sensación no era ninguna molestia. Una inefable alegría me embargaba y hubiera querido permanecer en ese estado y lo extraordinario fue que aunque triplicó la orquesta su ritmo, no necesitábamos hacer ningún esfuerzo para seguirla.

Maravillados ante nuestra agilidad, los asistentes nos vitoreaban y daban palmadas con todas sus fuerzas sin que emitiesen ningún sonido.

Ángela que hasta ese momento había bailado el vals con sorprendente energía y minuciosidad, pareció cansarse repentinamente; sentía yo el peso de su cuerpo como si ella no hubiese tenido fuerza en las piernas; sus pies pequeños que unos instantes antes rozaban el suelo ágilmente ahora lo hacían con lentitud como si hubiesen llevado plomo adentro.

 -Está cansada, Ángela – le dije -. Descansemos.

 -Está bien - contestó ella, secándose la frente con un pañuelo - pero mientras bailábamos el vals, todos se sentaron y tan solo queda un sillón y somos dos.

-¿Qué importa, ángel mío? Se sentará usted sobre mis rodillas.

III

Se sentó Ángela sin rechistar rodeándome con el brazo como si fuese un chal blanco y hundió la cabeza en mi pecho para calentarse un poco ya que se había puesto fría como el mármol.

No sé cuánto tiempo nos quedamos así porque estaban absortos todos mis sentidos en la contemplación de esa criatura misteriosa y fantástica.

Ya no tenía idea de la hora ni del lugar donde estaba yo; para mí, ya no existía el mundo real y todos los lazos que me ataban a él se habían roto; mi alma, liberada de su cárcel de lodo nadaba en la vaguedad y el infinito; entendía lo que ningún hombre puede entender, iba descubriendo los pensamientos de Ángela sin que tuviese ella la necesidad de hablar; pues brillaba el alma suya en su cuerpo como una lámpara alabastrina y los rayos que salían de su pecho perforaban el mío de parte a parte.

Cantó la alondra, apareció una luz pálida por entre las cortinas.

Tan pronto como la vio Ángela se levantó, se despidió de mí y tras dar unos pasos, rompió en gritos y cayó cuan largo se es.

Despavorido, me lancé hacia ella para levantarla…

Se me hiela la sangre sólo de pensar en ello: no encontré nada más que la cafetera hecha trizas.

Viendo esto, y persuadido que había sido yo el juguete de alguna ilusión diabólica, me desmayé de tan grande que había sido el terror mío.

IV

Cuando recobré el conocimiento estaba yo en la cama; Arrigo Cohic y Pedrino Borgniolo estaban de pie velándome.

En cuanto abrí los ojos, exclamó Arrigo:

-¡Ah! ¡Qué susto! Hace más de una hora que estoy frotándote las sienes con agua de Colonia. ¡Qué diablos has hecho por la noche! Esta mañana al ver que no bajabas, entré en tu aposento y te encontré tendido en el suelo, vestido a la francesa, estrechando un trozo de porcelana quebrada entre tus brazos como si se tratase de una joven y hermosa mujer.

- ¡Pardiez! Es el traje de boda de mi abuelo -dijo el otro levantando uno de los faldones de seda color rosa y de verdes rameados-. He aquí los botones de stras y filigrana que tanto elogiaba él. Teodoro lo habrá encontrado en algún rincón y se lo habrá puesto para divertirse.

-Pero ¿qué fue lo que te causó semejante desvanecimiento? -inquirió Borgnioli-. Eso le ocurre a la amante de un día, de blanca espalda; uno le afloja las cintas del vestido, le quita los collares, el chal y empieza la seducción.

-No fue más que una debilidad mía; soy propenso a ello −contesté en tono seco.

Me levanté y me quité esa vestimenta ridícula.

Luego almorzamos.

Mis tres compañeros comieron mucho y tomaron aún más y yo, por mi parte, no comí casi nada; el recuerdo de lo que había pasado me causaba extrañas distracciones.

Ya acabado el almuerzo y como llovía a cántaros, no pudimos salir a ninguna parte y cada quien se ocupó como pudo. Borgnioli tamborileaba unas marchas guerreras en las ventanas; Arrigo y el huésped jugaron a las damas y yo saqué de mi álbum una hoja de papel vitela y me puse a dibujar.

Las líneas generales casi imperceptibles trazadas con el lápiz - y sin que lo hubiese

pensado en ningún momento- representa-
ron con la más maravillosa exactitud la cafetera que había desempeñado un papel
tan importante en las escenas de la noche.

-Es extraño el parecido entre ese rostro y
él de mi hermana Ángela - dijo el huésped
que una vez acabada la partida me miraba
por encima del hombro mientras estaba
dibujando yo-.

En efecto, lo que poco antes me había parecido ser una cafetera era en realidad el
suave y melancólico perfil de Ángela.

-¡Por Dios! ¿Está muerta o está viva? - Ex-
clamé con voz temblorosa como si hubiese
dependido mi vida de su respuesta.

-Murió hace dos años de una angina de
pecho a consecuencia de un baile.

-¡Qué desgracia! - Repuse con dolor.

Y conteniendo una lágrima que estaba a punto de salir, volví a guardar la hoja de papel en el álbum.

¡Acababa de entender que ya no había ninguna felicidad posible para mí en este mundo!

Índice